梅國雲寫海
癸巳三月

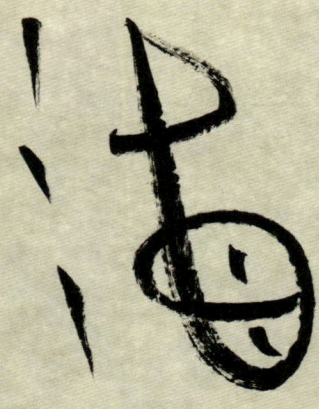

梅國畫寫海
癸卯三月

梦和天也是海的一部分。

装满一本海

梅国云 ◎ 著

海南出版社
·海口·

图书在版编目（CIP）数据

装满一本海 / 梅国云著. -- 海口：海南出版社，2025.6. -- ISBN 978-7-5730-2501-2

Ⅰ.I227

中国国家版本馆 CIP 数据核字第 2025N719U2 号

装满一本海
ZHUANGMAN YI BEN HAI

作　　者：梅国云
策 划 人：彭明哲
责任编辑：宣佳丽
执行编辑：王桢吉
封面设计：任　佳
责任印制：郄亚喃
印刷装订：炫彩（天津）印刷有限责任公司
读者服务：张西贝佳
出版发行：海南出版社
总社地址：海口市金盘开发区建设三横路 2 号
邮　　编：570216
北京地址：北京市朝阳区黄厂路 3 号院 7 号楼 101 室
电　　话：0898-66812392　　010-87336670
电子邮箱：hnbook@263.net
经　　销：全国新华书店
版　　次：2025 年 6 月第 1 版
印　　次：2025 年 6 月第 1 次印刷
开　　本：880 mm×1 230 mm　　1/32
印　　张：5.125
字　　数：66 千字
书　　号：ISBN 978-7-5730-2501-2
定　　价：68.00 元

【版权所有，请勿翻印、转载，违者必究】
如有缺页、破损、倒装等印装质量问题，请寄回本社更换。

目录

一　渔民史诗·001

二　海之哲思·029

三　生死潮汐·049

四　宇宙涟漪·069

五　海岛风情·095

六　奇思幻梦·109

七　深海镜像·131

一 渔民史诗

马上要出海了

马上要出海了
好几个月才能回来
那夜,海腥味在床单上来回翻滚
海沟不再平静
紧闭的贝涌出潮水

渔网沉默大半年了
咸风卷起的欲望把桅杆摇晃得咯咯直响
鱼来了,一群接着一群
床单上的母鱼咬住铅坠不放

他带着同伙驾船朝着鱼群的方向开了三天三夜
他们大声呵斥死神不要轻举妄动
他把海潮起伏的次数刻在桅杆上
每天数着被咸风削薄的日历
当渔获把船的吃水压得越来越深

锚链喊叫说已经吃不消的时候

他迫切地朝着一个方向开足马力

船终于在渔港停止喘息

他看到肿胀的月亮

在海平面下一张一合

渔人迷航了

渔人迷航了

把更路簿看了又看时

浮游生物正穿越银河暗流

大马哈鱼喷出鱼子在旷野结成星云

每一粒都藏着未破译的宇宙奥秘

伞状接收器被水母哗啦撑开

很快便捕捉到了来自蜘蛛星云的远古脉冲

当调皮的月亮将海藻一遍遍染成银白色

那些悬浮的绿妖突然翻滚着

说是要翻译量子密码

星象图慢慢出现在退潮时的海滩上

人们发现,鹦鹉螺壳里填充的全是暗物质

我弯腰捡起脚边一截珊瑚残骸

发现钙化层中居然藏着

那个怪异的黑洞蒸发前发出的绝望号叫

渔网捞起破碎的动能

金枪鱼正用尾鳍分析时空关系

砗磲在火山口撞见漂浮的热平衡公式

沙虫用它软绵绵的躯体在沙滩为宇宙写下注释：

起点即是终点

此刻潮水漫过我的脚踝

浪尖上蹦跳的光芒

恰似秒针被星空散落

远方的地平线正不慌不忙地收拢一层层海浪

从此，所有的液态记忆便归于虚无

当渔人无奈地把更路簿扔进漩涡

他或许能从船的肢解声中听见

海洋初生时的潮声：

星尘正是浑浊的我们

我们都在宇宙的腹腔里练习涨落呼吸

并为生死悲欢

那个被热带气旋反复修改的地址

所有归途都指向古老的码头

没有岸，海将难以呼吸。

三角弦

在信息化浪潮尚未席卷的往昔

老渔民们怀揣着大海的梦与敬畏

驶向那片无垠的湛蓝

他们心中

藏着一条无形的三角弦

一端系着炽热的太阳

那是光明与指引

一端连着坚实的码头

那是家的方向

还有一端,紧扣着漂泊的渔船

承载着生活的重量

每当阳光倾洒

如金色的祝福

他们便祭神启航

仪式庄重而虔诚

船锚拉起的瞬间

时光仿佛凝固

太阳、码头、渔船，化作三根紧绷的弦

在渔民脑海中铮铮作响

声声入心

老渔民们深知，这三角弦

是他们在茫茫大海上的生命线

它与自己的神经紧紧缠绕

一旦错乱

便如迷失在黑暗中的飞鸟

找不到太阳的方位

辨不清渔船的水域

更听不见码头那温暖的召唤

船老大曾经历一场惊心动魄的风暴

海风呼啸，似恶魔的咆哮

桅杆在狂风中摇摇欲坠

发出痛苦的哀鸣

在那恐惧的噩梦中

太阳忽然幻化成一个飞速转动的滑轮

三角弦被一股无形的力量渐渐收紧

那绷紧的弦,似命运的绳索

拉弯了桅杆,却也指引着渔船

如离弦之箭向着码头疾驶

满载而归的他们成功躲过风暴的吞噬

船老大从梦中惊醒

激动得手舞足蹈

那是劫后余生的喜悦

也是对三角弦力量的敬畏

有时在静谧的夜晚

他还会梦到三角弦居然通了电

电流传递着他们对码头上亲人的思念

话语穿越茫茫大海

在太阳的见证下

抵达彼此的心田

慰藉着孤独恐惧的灵魂

而如今,时代的巨轮滚滚向前

发射信号基站如璀璨星辰遍布大地

它们就像新的太阳

赋予渔民新的力量

曾经依赖太阳和风浪指引的老渔民

摇身一变成为掌控三角弦的当代神仙

轻点屏幕便能知晓方位

传递思念

但那份对大海的敬畏

还有对家的眷恋

始终如三角弦般永恒而坚定

三角弦是渔民必须掌握的一个定理

虽然它的要素险象环生、变幻莫测

但万变不离其宗的神秘规律

正被科技进步的力量一一破题

走不出的圆

船在海上颠簸
如一片残叶
被海浪肆意摆弄
船身的吱嘎作响
是它痛苦的哀吟

远方,有一个若隐若现的圆
那是海天交界处勾勒出的轮廓
虽肉眼可及,却如隔着光年

它静静地悬浮在海平面之上
散发着诡异的气息
船员们的目光中满是惊惶与绝望
大家都明白
当樯倾楫摧之际
这个看似平静的圆

便将隐匿在大海里的所有魔鬼叫喊出来

它是老天布下的迷局

亦是命运悬下的无情绞索

每到这个时候

狂风这个恶魔会直接聚焦将船包围

翻滚的海浪似要将船在浪尖和波谷中撕碎

船长无论怎样调整航向

那圆一会儿大，一会儿小

就如已经套上脖子的吊绳

如影随形，只需魔鬼用力一推

船帆被狂风撕裂

船板被恶浪一块块扯下

恐惧如潮水般蔓延

吞噬着每个人的心灵

当希望的火焰在绝望中渐渐熄灭

死神,忽然迈着冰冷的步伐悄然降临

手中闪着寒光的镰刀

收割着最后的生机

那圆依旧沉默不语

船员们都知道

正是它给了死神收割人的力量

天然。

登上码头的爷爷

他的奶奶曾说起
他的爷爷

那年一船六人出海捕鱼
突遇风暴死了五人
只有爷爷被另一条渔船上的渔民
救了上来

一个月后返航
爷爷是被人扶上岸的
那时太阳刚刚落山
爷爷不肯回家
趴在一块石头上
呜呜地哭

半村的人围在他身边陪着流泪

刚过子时

忽然就听到爷爷身下的石头咕咚叫了一声

爷爷有些惊恐

坐起来一看

石头竟开裂成两块

村里通灵的阿公也在现场

他闭目打坐了好一会儿

然后叹了口气说

这是码头神惭愧了

觉得没有把出海的人庇护好

愿断成两块

以示自责

后来村里人在这断石上建了一座庙

庙门上有副对联：

等到海枯石断也要平安归来

平安满载归来不再海枯石断

他说两年后自己出生了

爷爷给他取名为安安

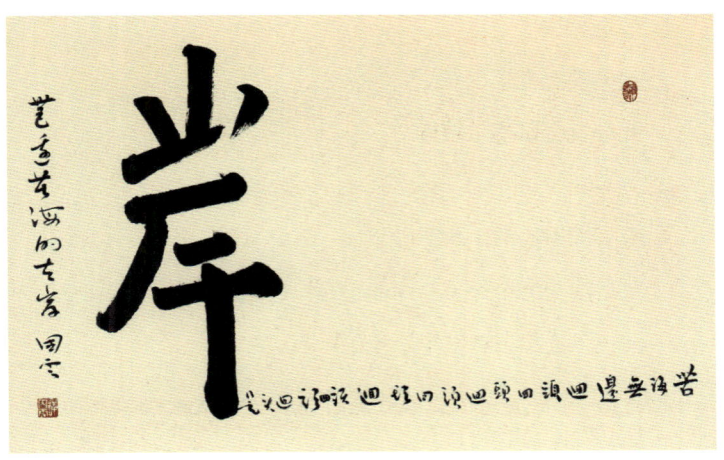

出海是为了回到岸上。

假如船上没有爱

船老大说
船上没有爱了
死神就会诱惑你杀人

有一次甲乙两个水手吵架
最后演变为甲撵着乙满船追打
深夜,乙操刀就把甲杀死了

当乙准备对其他船员动刀子时
幸好被人发现并制服
乙交待,他被甲追着打时
才发现船太小无法脱身
他明白自己白天输得很惨
在这远航的漫长日子里
一次被欺负
就会天天被欺负
索性就一不做二不休

他本来只想杀甲一个人

转念一想，杀人肯定要抵命

如果把一船人都杀了

他就把所有被害之人抛入大海

制造一个死无对证的假象

他说他无法不动杀念

他不能像在陆地上一样

随时可以把车停下来打开门下去

即便跳车至少有摆脱甲的魔爪的机会

而在这无边无际的大海之上

从哪里下去都是死路一条

看着身边鼾声如雷的甲

他发现这乌漆漆的

大海波涛的翻滚声音

正在叫他杀掉甲的喋喋不休

这时他才发现大海就是死神

这个死神太强大了

他无法抗拒命令

动手之前

他也曾走出舱外

对自己说不要冲动

他环顾茫茫大海

却没有看到人间的一点灯火

可以把他的心温暖一下

而死神的命令却一波接着一波地

铺天盖地地向他汹涌袭来

于是他走进厨房拿起一把菜刀

变幻莫测的海的面孔。

他每天都拜 108 兄弟公

他每天都拜 108 兄弟公

出海前他会匍匐在兄弟公庙前祈祷

漂在海上的时候

他每日一早就跪在床上

双手合十嘴里念念有词

而每到船在剧烈颠簸的时刻

他都会轻轻念一声

兄弟公保佑

就跟佛家弟子总爱将阿弥陀佛挂在嘴上一样

那次风暴把船掀翻了

他清楚地记得自己是被困在船舱里面的

在失去意识之前

他脑子里就出现了 108 兄弟公

从大海的四面八方赶了过来

醒过来发现

自己居然被绳子缠着在海上沉浮

他一个激灵把绳子一拉

绳子那头是船的一截桅杆

他紧紧抓住桅杆才增加了浮力

直到嘴唇和脚指头都被鱼啃烂

才被另一条船上的渔民发现

他不信自己是靠运气活下来的

因为运气好的人怎么会活得这么惨

他只信是兄弟公救了他

因为在遇难的一船渔民中

只有他一天不落地祭拜

而且就在他昏迷之前

他清晰地看到

有位兄弟公往他手里塞了什么东西

然后他就紧紧地握在了手里

二 海之哲思

每一次涨潮

每一次涨潮

我的血压也跟着上升

而情绪最不稳定的时候

海口湾的水位一定处于最高点

我总是分析不出头绪

大海到底是用什么办法把我的血压

和潮汐如此准确地融合在一起的

我是不是可以做一个推理

虎鲸的骨骼一定记录了海的脾气

而月光穿过水母透明颅腔的时刻

一定可以映射出造物主使用的手机号码

浪花的棱镜

我很喜欢看浪花的千姿百态
是如何在地球充当了海的皮肤
在宇宙充当了地球的皮肤

后来我在它的泡沫里面
发现了它的棱镜功能更不简单
时刻将海的眼耳鼻舌身意
分解为六种虚无

星辰总爱在漩涡中寻找王冠
坍缩的宇宙正休眠在海螺的旋床
当泡沫在恍惚中将六种虚无全都穿过
我看到自己的倒影,正被海平线
异化成彼岸

今日谷雨。

海洋被盛在陆地的瓢里

有一条梦幻鬼鱼
藏着洞悉海里万物的智慧
于鱼群之中
拥有老子般的威望

有一天,它缓慢张动嘴巴
深海里悠悠回荡着它的声音:
海洋被盛在陆地的瓢里安放
上善若地
这是与人类相反的古老篇章
地善利万物而不争
处众鱼之所恶
故几于道

鬼鱼的话
似一把钥匙
开启了众鱼哲思的门窗

在渔民的眼里，海就是鱼。

无知的问题

马里亚纳海沟

距离海面 11034 米

不知道科学家有没有说过

海沟的底部

压力大到能让时间都为之扭曲

任何物体在这儿

都将粉身碎骨

这里难道是地球上最硬的地方?

从海面抛下的石头

似脆弱的梦境

瞬间被压成粉末

又如同破碎的星辰

在无尽黑暗中闪烁着微光

然后在重压之下

粉末会不会又重新被压缩成石头

再然后石头又被压成粉末？
如此循环往复
这物极必反的游戏
难道就是大海起伏轮回
永不停息的定律

蓝色谜团

海水和天空居然
蓝成了一体
它们本来都是无色的

它是一个真理
却欺骗了所有人的眼睛

在真理眼里
人是否也是蓝色的呢
如此,我们人也成了真理

海，时刻都在被海的精灵注视着。

风明明是往东刮的

在天地的浩渺画布上
风携着呼啸的哨音
义无反顾地向东奔突
它疯狂犀利的步伐
可以搅乱流云的思绪
却未能驯服脚下这倔强的大海

海水似汹涌的军团
一波高过一波
向着我眼前的海岸冲锋
那澎湃的涛声
就像铿锵的战鼓
敲打着我的疑惑之门

我如观察战场态势的将军
冷静地伫立在海边的高地之上

凝望这风与浪的奇异对决
究竟是谁隐匿在风与浪的幕后
逆着风的轨迹
推送着海水的征程

曾在那个西风凛冽的日子里
我长久地与海风纠缠
并试图从它的呼啸中
解读出军事密码
你是否真的长了双无形之腿
在向东狂奔的途中
把海水向你的身后肆意拨拉

也许,这是自然的神秘棋局
风与浪不过是小小的棋子
在苍穹大地的棋盘上

演绎着人类看不懂的奇怪力量
而我,不过是在这棋局的边缘
以让上苍发笑的渺小思索
探寻了一下现象背后的真相

总是在不经意时

总是在不经意时
忽然一波浪就推过来
淹没你的脚踝

退却的时候
它会在你的脚下掏走一些沙子
脚底麻酥酥的，有一种被毛发撩耳的感觉

此时，我觉得这大海
就是顽皮的孩子，刚刚跑走
又嘻嘻哈哈地跑过来偷袭

我很喜欢被这孩子玩耍
在海的面前我怎么就成了大人

上善若水,利万物而不争。

海上明月

你一直都以自己的清辉
在乌黑的夜间
观赏自己的容颜

这种爱照镜子的自恋情结
也不枉你的皎洁
在无边的苍穹别具一格

其实大海在映照你的时候
并不觉得你是孤芳自赏
那满天的星辰才值得可怜

当你每次轻轻地从波浪上滚过
大海才真切感知到,这里才是现实世界
点点星辰只不过是梦幻一片

海洋就是永不停歇的旋律

海洋,是宇宙谱写的不朽旋律

每一道波浪的起伏

都是灵动的音符

它们在海天之间跳跃、交织

奏响一曲永不停歇的自然之歌

那次我坐着冲锋舟从永兴岛到赵述岛

翻滚在波峰波谷的时候

脑海里忽然冒出一个想法

如果可以把这一路的音符记录下来

借乐器的共鸣

让它们重获新生

那将会是怎样一首动人心弦的曲子

我还疯狂地想到

如果全世界的人

走进大海

各自划出不同的区域切出同一个时段

把这些音符记录下来

来一场"大海共此时"音乐秀

那又会是何等震撼的场景

整个世界都将沉醉在海洋的怀抱

那是自然与人类的灵魂共舞

是地球生命最和谐的共鸣

我看到的海浪之上的脱缰的野马。

三 生死潮汐

我们想象人都是透明的

我们想象人都是透明的
从古到今一个个贴在
时间的墙前观察

宇宙的活力就是体内不安的因素
生命的意志就像不可逆转的风一样
从每个个体身上呼啸而去
无论你如何念念有词祈愿永生
这风也不可能有片刻停留

我们的荣耀就是来到这个世界
曾感受过从身体里面穿过去的呼啸
像水滴成就波澜壮阔的海洋

生命的味道

非洲的尼罗河最长

6671 公里

不息的川流

一路缓缓而行

如果我们把它比作人生

尼罗河的水就是地球上寿命最长的老人

陆地上的河流很多很多

源头的水无论从哪里出发

流淌的过程是多么短暂或漫长

终要归于大海

谁都不能逃脱这同样的命运

如果我们把大海比作死亡

这不可逆转的川流

就跟人度过一天天时光一样

如果大海就是死亡

波澜壮阔的归宿

难道不是乐事一桩

原来,人类对死亡的恐惧

就跟河水永远不知道融入大海以后的感觉一样

假如真的如此

你我只管从容不迫地在时间的河床里向前流淌

无非脱离河床的那一刻

只是生命的时间终止在了无边无际的场域

无非死了后生命的味道

由淡变成了咸

心，宛如睡莲。

在我来到这个世界之前

在我来到这个世界之前
一直就死在你的怀抱里面
未来,还会一直在你的怀抱里面死着

想着你就像海洋
我们的诞生
正是被阳光蒸发的一粒粒水汽
四处飘忽演变
便是我们的日子
但无论飘了多远多久
最终仍要归于你

当水汽变成雨水
就等于生命进入了倒计时
而如果凝结成了冰雹
便没有了回天之力

当然，也有运气好的雨水

在还没有落到海面之时

幸运地遇到太阳，再次蒸发

这是大难不死后的一点点福气

但无论太阳怎样努力

归于大海是永远都逃不出去的宿命

我就住在大海边

面朝大海

我看到了壮观的生死轮回

初始的混沌

初始的混沌挣脱秩序的枷锁

种子似的使劲撑开黑暗的茧房

没想到会绽出时空的缝隙

和生命炸裂的曙光

走近一看

这从秩序中蹦出来的怪胎

名字叫欲望

从此,不生不死的秩序死亡

欲望将自己封为宇宙唯一的王

并在时空里作乱

演变出只想活不想死的不息交响

地球不过是大王宏大伟业中的小小注脚

可是,求生不死的幻想在这里同样难寻永恒的泊港

万物只能在本能的驱使下

一路杀伐,向着死亡奔跑

人类无一不是心怀恐惧走向绞刑架的囚徒
出生便成了永生不祥的资本

为了慰藉永远都无法触及永生的灵魂
人们以虔诚之心用石块与木头雕琢出神灵化身
阿弥陀佛、阿门……
每一声祈祷,都在时光里回荡着对永生的期盼

地球上有个大坑
那是亿万年来为逝去的生命而流淌的泪汇聚成的海洋
逝者不甘的呐喊似翻涌的浪尖
深沉的海底藏着无尽岁月的怅惘

它在时空的角落静静守望
如一位史官思考着欲望这个大王的荒唐
为何求生的丝线却编织出了世间的离殇

观沧海会把小人改造成伟人。

假如把水比喻为人的血液

如果地球也会死亡
它的一个重要特征便是
海水不再涌动
血管似的江河不再有水的流淌
然后就慢慢枯竭成火星们的样子

或许，在太阳系沉默的轨道上
那些冰冷的行星皆是时间的弃骸
每一道环形山，每一片荒漠
都是生命消逝后
无法言说的墓志铭

人不就是一滴水

人不就是一滴水
渺小的身躯承载着天大的梦想
在尘世的大地上到处游荡

当生命落幕,烈焰焚烧
肉体化作水汽袅袅升腾
奔赴那无垠的海洋
这才惊觉,这一滴水的流浪
最终都会回归到大海故乡

海水,就是岁月的贮藏
亦是梦想的温床
每一次海浪的轻抚
都似与灵魂碰撞
每一次沐浴其中
正是与未来的自己相拥

那涌动的波涛

藏着我们前世的影像

每一次与海水交融

都是一场跨越时空的重逢

在波光粼粼中与曾经的自己对望

我们在人海里奔忙

在生活里跌宕

却不知，命运的轨迹早已在海里隐藏

每一滴水的乾坤

都蕴含着生命的真相

参悟的"参",人参的"参"。
参到无或空,没有了我,与宇宙一体,是参的目的。

无形之海

有一片无形之海

那是水汽编织的温柔襁褓

每一丝每一缕

都是大海跨越山川湖海的深情奔赴

大海,这位伟大的母亲

在澎湃与宁静间

孕育着爱的精灵

她让波涛涌动

浪潮蓬勃

化作漫天水汽

在大地之上升腾漫溯

如轻柔的梦

笼盖茫茫大地上的每寸泥土

山峦在水汽的轻抚中

披上朦胧的面纱

仿若人间仙境

田野里的麦苗

贪婪地吮吸着这份滋润

在微风中欢快地荡漾

歌唱着满足

她悄然潜入花蕊

让芬芳得以馥郁

她弥漫于林间

呵护飞鸟的漂亮羽翼

她行事低调

让你难以察觉她的存在

她穿行在每一个生命的呼吸里

不求赞美与谢语

水汽是无声无形的滋养

是每个想活下去的生命,终身不可断离的母乳

我们享受着这份来自海洋的恩泽

却常常忽视她的存在与付出

当我们望向那片无垠的湛蓝

应知晓,她就是这个地球上所有生命的母亲

我们总是感觉不到无形大海的存在。

四 宇宙涟漪

地球,你在哪里

海边全是沙子
我铲了一铁锹抛向天空
跟明哲兄说
我扔出去了半个银河系

明哲兄弯腰抓了一把沙子撒到海里
他摊开手掌,用另一只手的食指
从粘着沙粒的手掌中
拨拉出一粒对我说
这个是地球
我俩哈哈大笑

明哲兄指着海面说
如果按照哲学家说的
天上的星星就跟地球上的沙子一样多
你看这些淘沙船每天要淘上来多少星座啊

关键是你手指头上的那粒沙子

跟海边这些沙堆里的沙子比

跟海里的沙子比

跟那塔克拉玛干沙漠里的沙子比

跟把地球上的水抽干后剩下的沙子比

到底有没有存在感

或者它存不存在又有多少意义

我说

明哲兄看了一眼自己的那根食指

装出惊慌失措的样子说

不好,地球不见了

然后就幽默地蹲下身子对着沙堆仔细地瞧

嘴里自言自语

咦,地球,你跑哪去了

还好,明哲兄不是面对着整个地球的沙子
在找那粒沙子

我好奇的是
大海会不会在意
海床上什么时候会少了
一粒沙子

老家有句俗语

老家兴化有句俗语

人头有血，山头有水

人脑袋里的血靠心脏来泵

可山头的水是怎么上去的呢

地球也应该有一颗

硕大无比的心脏

它伸缩自如，轰然作响

一呼大海潮起，一吸大海潮落

从大江大河这样的主动脉

到岩石深处的毛细血管

充盈的水在风箱似的心脏搏动下

奔涌不息

阳光打在吉祥树上

在树叶的背面

隐约看到纹理里有树液流动

我手握树干

总能感受到传递过来的阵阵脉动

无论是斗转星移还是风呼雷鸣

一定是因为有颗心脏隐蔽在哪里

不知疲倦地一伸一缩

我常想到汽车的发动机

启动设备点火后

发动机才嗒嗒工作

把动力传导到每个零部件

这天地间是谁掌控着启动日月星辰

大地万物心脏的钥匙呢

谁可以在大海之上如闲庭信步？

35 亿年前第一个单细胞生物

35 亿年前的海洋里

第一个单细胞生物

成为地球众生的基座

最终，人脱颖而出

用 700 万年的工夫

成为地球的神

时间是无解的谜团

它为何青睐于人

把这个星球上养分的精华

统统给他享用

假如时间的痴心不改

在 700 万年之后再经过 35 亿年呢

人将会是什么样的命格

如果 35 亿年后的平行空间真的存在

此时，我蓦然回首

人类这个无比强大的神祇
一定正在看着我

今天，我们在显微镜下看的单细胞
跟 35 亿年前的那个单细胞并没有区别
我感觉，我们正是在一个平行空间里
以神祇之眼在端详
做为我们生命的最初的自己

正如还没有被钓起来的鱼

正如还没有被钓起来的鱼

每当我们仰望苍穹

面对的同样是蓝色大海

星辰就如鱼饵一样散发着迷人的味道

人类的嘴巴已经从月球吃到火星

未来什么力量也挡不住我们

走向一个又一个钓饵

鱼还有幸看到钓它的人

我们真没有资格把自己比作鱼

钓者是宇宙的神。

水，宇宙

每当无聊地向天空张望

孤独感总会呼啸袭来

觉得自己就跟海洋深处的一条

管眼鱼一样

不明白为何出现在

这样一个宁静的水域

吃饱了就会长久地看那

一眼望不到尽头的水

思考着如果这水是有边际的

那边际之外会是什么

可是，如果这水是无始无终的

那这无始无终到底有没有之外的存在

存在之外呢

这条管眼鱼大概永远也

发现不到西北方 800 米处

常常出现的鱼群风暴

正如人永远也无法用肉眼看到

17万光年外的长度可达1800光年的蜘蛛星云

当我可怜那条管眼鱼的时候

我是不是也正在被谁可怜

如果可以把太阳系留给地球的"年"具象，地球上当全是年碑。

解剖地球

把地球放在手术台上解剖
扯出来的脑浆血管、神经肌肉……
会让医生惊讶得发抖

把地球的水倒掉，软组织
清理干净，飘在虚空中的
就是个骷髅头

在宇宙游荡的星星
多是智慧的脑袋
谁能知道它们正在思考什么

地球会倏忽到哪里

在虚空

你就如一滴水

会被谁看在眼里

最后会倏忽到哪里去呢

又会被谁知道

此前,谁思考过这个问题

而未来又会被谁忽略

到底有没有一个水滴似的地球

在某个空间存在或存在过

我反复分析

它并不是伪命题

最高级的元宇宙应该是未来科技建立的，断人不在了还在活人眼前行走细节。国云

时空意志在地球上是被海复活的。

地球有了水

地球有了水
变成了球形镜子

从此,它转悠的时候
就把时空的意志
映照到了里面

天长日久
便孕育出了灵魂

滴入大海

倘若一滴殷红的血

悄然坠落在无尽的大海

那微弱的浓度在浩渺的碧波中扩散

被一件神器精准地感知

那么,在人类意识的海洋里

每一个念头的闪烁

每一次思想的律动

会不会都如同那滴入大海的血

在意识的洪流中泛起涟漪

被神器捕捉

我们的脑海,就是一座不停运转的宇宙

胡思乱想如繁星闪耀,此起彼伏

它们交织碰撞,改变着意识流的浓度

从清晨的第一缕思绪

到夜晚入睡前的冥想

这意识的海洋

时而平静,时而激荡

此时的神,或许正燃着一根烟

静静观察着这片意识之海

那些关于忧伤、欣喜、梦想的念头

在他的眼中,都是清晰可辨的纹理

我们的存在就是一场

在神的目光下,于意识海洋中的漂泊

每一个动念都是命运长河中的一次转向

而神正等待着我们在这意识的旅程中

寻找到属于自己的彼岸家园

听雨。

小数点后面

当小数点后面出现无穷数
人们都会把三位数后面的数忽略不计
在此不去斤斤计较
恰恰是人本来可以成为神的局限

比如一滴水在小无内的世界
就是浩瀚无垠的大海
而在大无外的宇宙
地球却连做一滴水的资格都没有
而在两者的尽头
却都直抵空洞和虚无

小数点后面无穷数越来越飘忽的地方
不就是理论上的神祇所在地
为何不去计算到底

假如钻牛角成为每个人的习性
未知世界真可以被人类无限理解
或者，造物主的良苦用心正在于此

我们的地球在银河系就是一枚会飞的海。

五 海岛风情

青花图案

蓝是釉面绽开的另一种海
四百年的光阴正从裂纹
爬上她上扬的唇线
鱼温柔地舔食丝巾的钴料

指节被海浪打磨成珊瑚
透明的水母从瓷胎里游出
每当沉船在月光下沉思
新的盐文就会从盘底析出

拍卖行的射灯穿透海底时
她正用海草编织璎珞
鱼骨念珠突然断裂
一粒粒弹跳进拍卖师的喉腔

她的微笑一直在展柜悬浮

微闭的嘴唇像一枚永远张不开的牡蛎

昨夜潭门渔港忽然涨潮

展馆里很快弥漫起明代浓度的咸

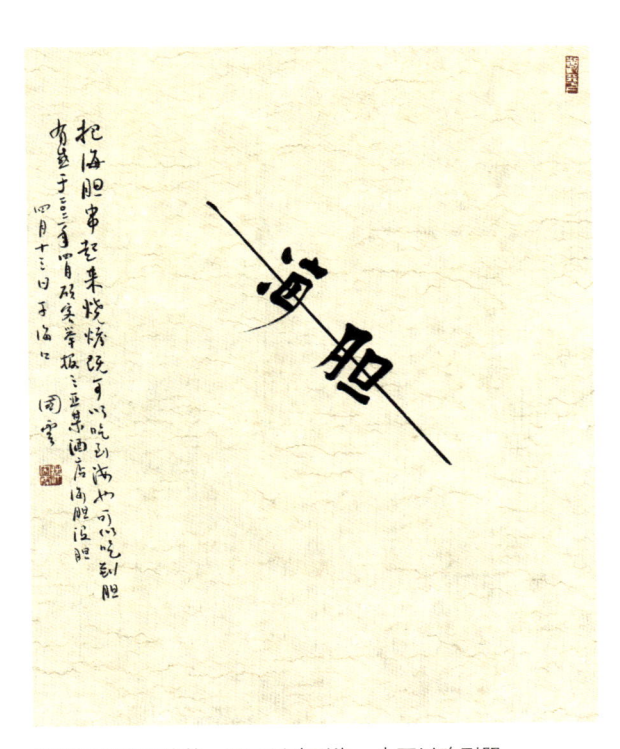

把海胆串起来烧烤，既可以吃到海，也可以吃到胆。

每次我在博鳌海的故事

每次我在博鳌海的故事

端起一杯酒

面朝大海

我的目光总会落到

天空的星辰

默默地和它们后面的神灵干上一杯

此时,在我的眼里

它们还没有我手上酒杯的杯口那么大

正像地球在那些神灵的眼里一样

酒在我的杯子里晃动

并反射着电灯照进来的光亮

成为那些星辰的一员

其实我也知道

我所在的地球后面

也有一位神灵

正端了地球这个杯子

我面前的大海波浪澎湃

我能感觉到这位神灵高举酒杯向我走来的样子

我说，你好

我先饮为敬

我有点眩晕

就感到不只自己的酒杯在晃动

我眼前的大海也在晃动

就连满天的星辰都在晃动

永兴岛

当双足踏上永兴岛滚烫的沙地
海风携着鱼腥味轻吻着我的脸庞
刹那间,时光的洪流在眼前奔涌回放

曾经的时间,隐匿于深海的怀抱
以珊瑚之躯编织着生命的茁壮
它们如海的精灵,在幽蓝中繁衍生息
每长出一个毫厘,都是对时光的礼赞
五颜六色的触手在海流中轻舞
收集着漫长岁月的痕迹
钙质一点点沉淀
堆砌起生命的城堡

然而,生死轮回的步履不可阻挡
当珊瑚的生命走到尽头
它们凝固的残骸
全都堆积成为时间的尸体

忽一日,从海底缓缓隆升
一座岛屿就这样在沧海桑田的变迁中诞生

不知何时,渔民撕开天幕
以无中生有的姿态从海南驾舟而来
他们在这里搭建帐篷、钻木取火、撒网捕鱼
从此袅袅炊烟在欢声笑语中融入天际
他们把一个个平凡的日子串成生活的项链
时间的脉络终于又被他们勤劳的双手盘活
这座岛屿一天比一天活得光鲜

现在,这里已经高楼林立
未来的愿景正在这座岛屿上悄然生长
每一粒沙子,每一朵浪花,都在诉说着永恒

在饮者面前，大海就是一坛酒的规模。

万九龙

海南的万泉河、九曲江、龙滚河

各自一路流淌

最后是听到了谁的召唤

汇聚一起

从博鳌的玉带湾冲入大海

三条江河首字万九龙

都是这个地球上最大的存在

万岁、九五之尊、真龙天子

博,大也、广也、多也

龙生九子,鳌占头,可"背负蓬莱之山"也

玉带,皇家尊贵地位之象征也

神秘家们疑问

这些名字古来有之

为何它们要如此偶然地在博鳌相会

难道此地是海洋王国首府

何时可见国王驾临

入主龙宫

在博大的世界独占鳌头

玉成天下事

然后永久地万事如意

龙凤显祥

环太平洋航行

在环太平洋的漫长征途

第 59 天

银白的月悄然高悬

俯瞰着浩瀚沧海

他伫立甲板

似一尊沉默的雕像

周身被月亮镀上一层冰冷的霜

给他递烟

刚碰到他胳膊

一声凄厉的嚎叫划破寂静

轰然倒地的他

如被命运的重锤击中

痛苦的身躯在甲板上不停翻滚

四肢扭曲似要挣脱无形的枷锁

医生匆匆赶来

一针注入他的体内

很快便平静

船长望着远方悠悠一叹

大海这捉摸不透的巨兽

搅乱了他的心智

让灵魂迷航

而那高悬的月

就是蛊惑的妖

悄然吸走了他的魂

徒留躯壳飘荡

六 奇思幻梦

太极鱼勾画的是宇宙万物的根本逻辑

太极鱼勾画的是宇宙万物的根本逻辑

生死关系无非是无限的往复循环

物极必反的道理清晰无比

生从鱼嘴行走到鱼尾就是死

死从鱼尾行走到鱼嘴便是生

你要祈祷的只是请求上帝赐你一条很长的鱼

比如大白鲨或抹香鲸

如此你就会用更长的时间行走在阳寿和阴寿的路上

如果不小心是一条长度只有五公分的霓虹虾虎鱼

那生死轮回就会跟钟摆一样嘀嗒嘀嗒快速往复而辛苦

不已

输液

输液管在一道寒光中划开静默
刹那间,平静的星宇出现神秘的孔洞
突然,一根自动导航的针头拖着输液管
飞奔而来,仿若触角
轻探入火星那无垠的脉络

一位周身闪耀着圣光的医者浮现
这场关乎地球人命运的圣疗
在他的引领下,于太阳神的安谧病榻
悄然拉开温暖的帷幔

海洋的王者——鲸鱼
很快化为脆弱的标本
脱水的情思
在大地的荒芜中缓缓凝结成
岁月长卷里孤独的诗行
输液管仿若时光的甬道

药液如人类的思绪悠悠流淌

每一滴都裹挟着造物主无奈的喟叹

医者凝视着药滴

每一次滴答都像宇宙的心跳

在希望与绝望的边缘把时光丈量

直至火星的表面奇迹般地

晕染出一抹若有若无的湛蓝

那是生命复苏的微光

在这太虚之境

他稳稳执起希望的针头

以最轻柔的姿态将针孔缝合

曾是湛蓝晶亮的地球

此时,在时光的波纹里生机如迷雾般消散

很快便干瘪成一位蹒跚的老人

当冰川在寂静的挽歌中缓缓沉沦

马斯克的愿景如流星划过混沌

地球人终于踏上通往火星的缥缈征程

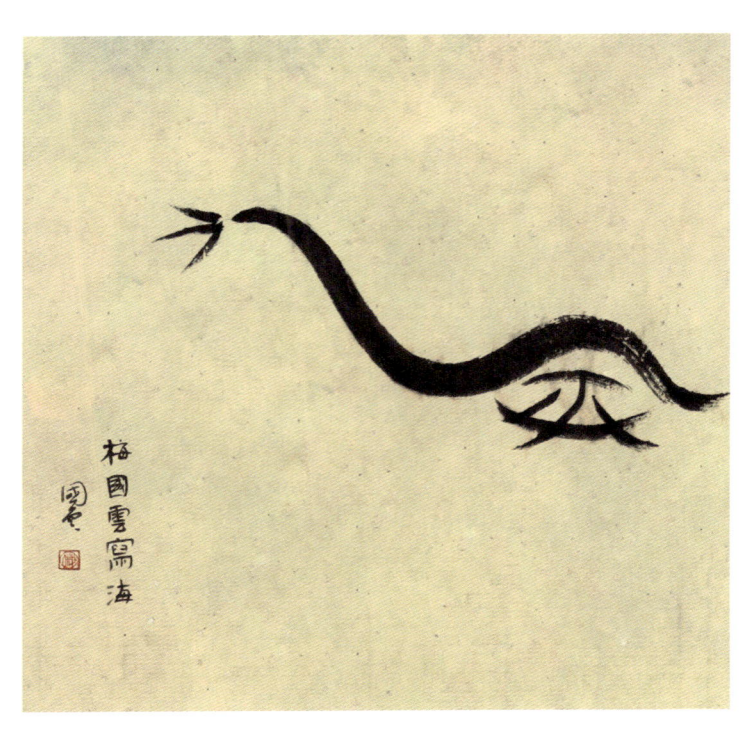

关于海底生物的想象。

一尺之上

坠入深海

黑暗将我包裹

每一次挣扎

都在命运的漩涡中沉沦

每一次控诉

都是生命的烛火在冰冷的海水里摇曳欲熄

当意识即将消散

我被海浪狠狠抛上一座孤岛

一座被世界遗忘的孤岛,荒芜且寂静

在这座岛上

日光刺目,却暖不了绝望的心

每一寸干裂的土地

都在嘲笑我的无助

除了风声与海浪的呜咽

再无其他声响

我在清醒的每分每秒

都被归乡的渴望灼烧

脑海中不断浮现那个濒死瞬间

身体下沉,窒息感如恶魔缠身

只要我的身体能离开海面一尺

一尺的距离,就能挣脱死亡的绳索

那是生的希望,近在咫尺,却遥不可及

双手徒劳地在水中扑腾

指尖触碰到的只有绝望

小岛托起了我

让我身处一尺之上

可这一尺,并非新生的开端

而是绝望的延长

岛上没有食物,没有水源

我在烈日与饥饿中苟延残喘

每一口呼吸,都带着死亡的气息

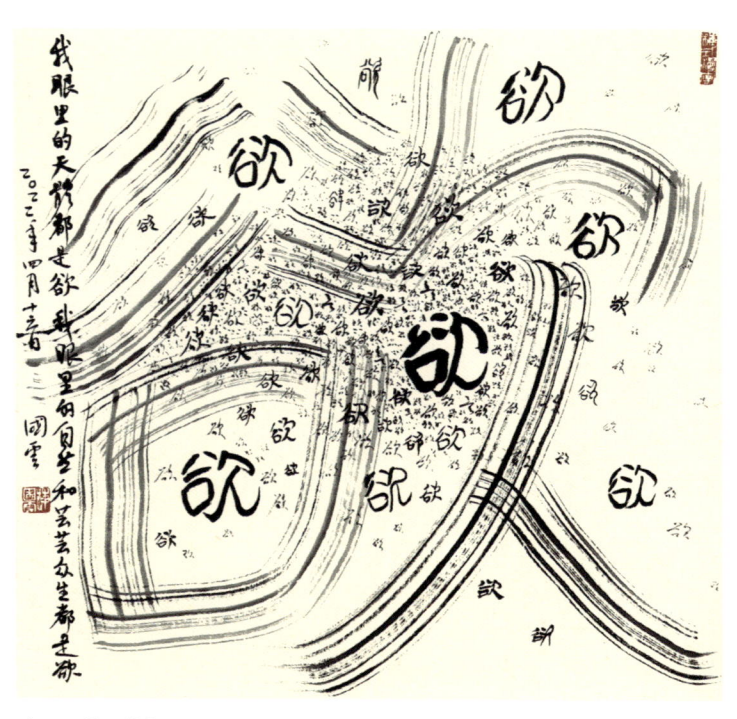

我眼里的天体都是欲，我眼里的世界都是欲。

在弥留之际,我望向天际线

刹那间,茫茫海面幻化成一条宽敞大道

大道上铺满金色的光芒,如神的指引

我向着金光,不由自主地升腾飞翔

不知过了多久,来到一个神秘之地 ——

"皮囊工厂"

这里,喧嚣与疯狂交织

一波又一波穷凶极恶的人潮

在枪林弹雨中,为争抢皮囊而疯狂

那一张张扭曲的面孔,写满贪婪与欲望

一天,我遇见"皮囊工厂"的厂长

他看着我,眼中满是忧伤:

你的皮囊,很快就会失去用处

这个星球,已走到死亡的悬崖绝壁

"皮囊工厂"即将关门停业

但是，你不必悲伤，想想那片大海和那座岛屿
这里，同样只是一尺之上的虚幻延续
我们都在苦海中挣扎，从未上岸

他的话语，字字穿透我的胸膛
这满天星辰看似广阔无垠充满希望
又何尝不是一个个致命的深渊
等待着一个个求生的皮囊

无论是否有一尺之上的托举
我们所处的每个地方
皆是灵魂的试炼场

雨林。

启明星尚在唤醒黎明

启明星尚在唤醒黎明
你如梦的波纹
编织着虚空通用的语言

霞光照过来
可见沙滩上的一枚枚贝壳
那是你推送上来的
谁都破译不了的上古时代的文字
一阵海风吹过
瞬间带走它们的秘密

你大口吹出来的泡沫
代表什么意思呢
一次次融入无尽的湛蓝
很快消失不见

浪潮一直在向海岸奔赴

却在抵达时悄然退去

留下一片梦幻的虚度

而远方的海平面与天空交融在一起

那模糊的界限

有点像我梦的入口

让我常常漂浮在里面

进入空灵的国度

终有一天海枯石烂,终有一天,地球如掏空的鸡蛋。

一个奇怪的梦

夜的屏幕映现诡异梦境

我坠入太平洋一万米的渊薮

那深度正是飞机巡航的高度

我经历了深海独有的幽邃与神秘

一个刻骨铭心的场景

便是陡然遇到了冷热洋流急剧交汇的极端气候

只见大洋剧烈翻滚,混沌一片

似命运的齿轮开始疯狂倒转

电闪雷鸣的强光如利刃划破黑暗

炸裂之声,刺痛鼓膜,震碎世界观——

一场奇异的雨倾盆而下

但那砸落的,不是寻常水珠

而是密密麻麻、熠熠生辉的金光

如天外来客,一波一波

从蓝蓝的海空

刺向无尽的黑暗海底

那是神谕,还是宇宙的神秘馈赠?

转瞬,金雨骤停,喧嚣退散

海水褪去波澜

澄澈如镜

不知何时,一头海豚轻盈游来

温顺地停驻在我的胯下

它的眼眸闪烁着灵动的光

如深海中指引方向的星宿

驮着我快速上浮

它身姿矫健

如飞机呼啸着起飞

很快就到了海面

大海之上霞光四射

不知是不是它制造了

刚才海水里面的金雨沛狂

弄不清是谁控制了海豚的导航系统

它的旅程并未就此结束

而是继续向着高空无畏地升腾

直至冲破金色的云霄

抵达一万米的苍穹

就在享受它自动巡航的悠然里

它忽然俏皮地180度转身

那一刻,世界颠倒,认知崩塌

我迷失在金色海光与蓝色天空的界限

分不清谁在上方,谁在下方

只觉自己正悬浮于混沌与秩序的边缘

不知道哪里才是返程的方向

今日雨水，轻湿地皮。

它们为何相聚于此

于五百米低空

那晚,他驾驭着呼啸的战机

在大海与苍天的交界巡航

不经意间

目光被海面牵住

数十公顷的水域闪耀着星子般的银光

那是碎钻倾洒

还是鲛人的泪芒

刹那间,仿佛误入颠倒的宇宙

苍穹与沧海易位

错把波光认作满天的星辰

可转瞬,银光如幻影消散

恐惧攥紧心房

他一下子看清了银光消散的地方是海

他与死神擦肩而过

劫后余生的颤栗

在每一寸肌肤下奔涌回荡

惊魂甫定

他仰望真正的星空

那繁星正安静地闪烁着

跟往常没有一丝变化

他的心中不禁涌起万千思绪：

它们为何相聚于这片海域

在这海天之间

以神秘的光芒撩拨人类的遐想

又是谁，掌控着这场光影的魔术

这自然的奇谲

如一把神秘的钥匙

怎么也打不开他认知的

重重锁缰

ptu
七 深海镜像

在海洋博物馆凝望沉船

我的目光被这艘沉船紧紧锁住
如穿越时空的洪流
来到幽邃的海底之境

我看到到访的鱼群里
章鱼触须卷起羊皮纸发出叹息：
再也无人知晓这条船里的亡魂都有谁了
它试图将文字在压强中发酵成珍珠
最终气泡里漂浮着的却是未完成的航海日记

藤壶紧紧吸附着船的龙骨
它说，我要变成岁月镌刻下的神秘符文
让未来看到我的人猜想
我曾是那本航海日记中散落的灵秀符号
在时光的汹涌漩涡与漂泊的沧桑浪潮里
坚守在这被遗忘的船身
等待着重逢那缕遥远的曙光

后来，我每次来到海洋博物馆

看到这沉船上干枯的藤壶

内心总会涌起一股敬意

局部地区有雨。

从来没有停止吼叫

从来没有停止吼叫

奋力地涌动

一波一波追赶着

必须抵达岸边

从海洋深处出发

无论多少个日日夜夜

就为了把那一句话送到

当轰鸣的话语

最终静静铺搁在海滩的时候

便迅速退却

然后再努力回到出发地

开始又一次传送

我每到海岸

总要平息自己的心跳和呼吸

并不让周遭的杂音干扰我

仔细聆听

试图在它轰鸣的频率

与节奏的强弱里面寻找规律

我知道它永远都是一种声音

就跟手动发报机的按钮发出的从不改变的嘀嘀声一样

我在部队上二战体验课时

曾经就用一部密码本

笨拙地翻译出

地下党传来的敌人要进攻解放区的情报

看到海浪奋不顾身视死如归

永动机般循环接力的姿态

就想着这海底到底藏着多少重大情报

岸就跟译电员一样

可是我如何才能变成岸

听懂它们的话语呢

在 2024 年海南经受了摩羯特大台风后

我忽然感到形势一下子紧迫起来

有朝一日海洋会不会跟海岸密谋一场

针对人类的超级行动

或把某个国家沉入海底

或把某座城市的人

扫到九霄云外

……

早年我站在岸边远眺大海

觉得自己还是一个可以为人类的未来肩负使命的人

后来越来越觉得无能为力

因为我一直没能破译出海浪的声音

后来我想寄希望于海岸

看能否找到密码本

时间一长才发现

我就是个疯子

因为大地永远沉默

比起永不停歇吼叫的大海

它寂静得让你听不到一点点信息

好像正时刻准备执行大海发出的

摧毁人类的密令

大象无形，佛法无边。

他曾经遭遇过的一个巨浪

他曾经遭遇过一个高不可测的巨浪
翻卷而来的时候恰好形成一个滚筒
把他的船裹在里面
刹那间世界颠倒
失重的安逸
诡谲如死亡前的迷幻乐章
喧嚣戛然而止
只剩灵魂在寂静中颤栗
如进入了通往彼岸的死亡隧道

船很快被滚筒喷了出来
求生的本能
如燃烧的火焰
惊恐万状的他带着同伴
向着生的方向
劈波斩浪

他一直都想不明白

摔得鼻青脸肿的他们完全失去了对船的控制

船在滚筒里面是如何产生了冲出去的动力

梅国云写海

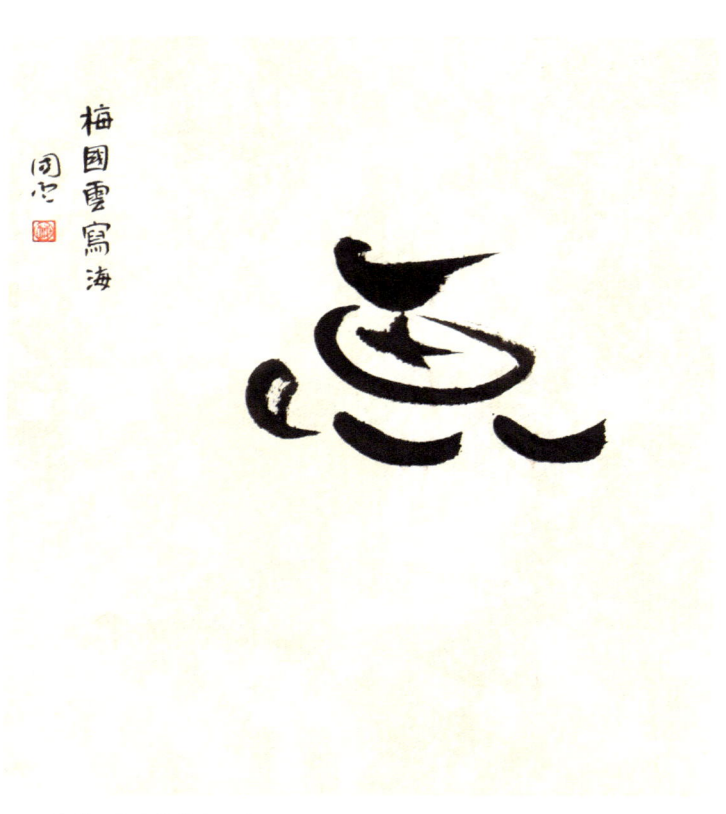

只要触碰到大海就学会思考。

那天际线就是牢房的围墙

在远离海岸 3600 公里的

大海深处礁石上的高脚屋

他曾经守了 167 天

他说,从 30 天开始

眼里已经没有大海

只有牢房

不管怎么辨认

那天际线就是牢房的围墙

他天天都想越狱

怎奈上天无路

四处无门

他养的一条狗

在他守礁的第 60 天

忽然跳海自杀

他想拽住它

就在伸手的那一刻

陡然心生怜悯

决定由它而去

每次潜入海底

每次潜入海底

我都喜爱静静地观赏一会儿

五颜六色的鱼在珊瑚丛中

悠闲地待着,半天

才把身子摇动一下

嘴巴吞吐

冒出一个气泡

我很感谢它们被我观赏的这个时刻

让我感受到在它们面前

人类并不神通广大

比如没有氧气瓶

我都憋不了一分五十秒

并且还让我发现了一个神秘逻辑

有朝一日神祇下凡来到地面

身上一定也会像我一样

背着个瓶子

今日大寒。

只要踏入大海

只要踏入大海

海便要吃我

坐上冲锋舟

如飘摇在命运的赌桌

海浪肆意翻涌

将舟身抛向高空

又狠狠砸下

如老虎戏耍无助的猎物

每一次颠簸

都是命运与恐惧的碰撞

那溅起的水花

似猛兽喷薄的涎沫

哪怕风平浪静，在齐腰深的浅滩游泳

我也不敢远离那踏实的岸边

我知道，百米之外，海面虽平静若镜

却藏着深不可测的危险

我仿佛看到海的血盆大口

正在那片波光粼粼之下隐匿

而潜入水中

黑暗如潮水般涌来

将我紧紧包裹

每一寸肌肤都感知着大海的强烈压迫

我像是被巨兽吞入腹中的小鱼

仅存的半条命在窒息的边缘挣扎

慌乱中拼命划动双臂

渴望逃离这深海的牢笼

我的生命,一旦触碰到海的边界

神经便如绷紧的弦,高度警惕

这与陆地的安稳截然不同

在陆地上,我从未对空气设防

而大海却用它的浩瀚与神秘

时刻提醒着我

人类随时都会灭亡

它是无尽的未知

是永恒的谜

我站在海边

与它长久对峙

恐惧，在心底扎根生长

却也悄然生出枝丫

表达对自然的敬畏

关于喜马拉雅山二则

（一）

在喜马拉雅山山麓

我偶遇一片贝壳化石

它们在太阳的照射下

向我投来欢愉的光芒

当地朋友说

这些化石的色彩

本来暗淡无奇

难道因为你来自大海

它们把你当成了娘家的亲人

今天露出激动的面容

（二）

走遍天下

看到过无数山峰留有各种

海底生物的化石

我就想，在侏罗纪某个时刻到来之前
地球的肉胎是如何静静地卷缩在蛋里积蓄能量的

那日苍穹以雷光火电召唤
你轰然从汪洋之中破壳而出
昂首振翅踢脚抖身摔壳
炸开的海水遮天蔽日

我长久地凝望眼前的贝壳
你们做梦都没有想到
有朝一日会成为大地之首的点缀

我是带着海的气息来到这里的
我跟你们是久违后的相逢

曾经的山峰都是大海。